Le meilleur du Bento et des Lunch Box

Fanny Matagne

City

Crédits des photographies :
Couverture : Sirois/Photocuisine Sucré Salé
Toutes les photos sont du Studio City sauf :
P.27 : Lawton/Photocuisine Sucré Salé, p.29 : Caste/Photocuisine Sucré Salé,
p.50 : Nicoloso/Photocuisine Sucré Salé p.57 : Nicoloso /Photocuisine Sucré Salé.
Shuttersock : p.2

Signification des abréviations :

P : temps de prépation
C : temps de cuisson
R : temps de repos

ISBN : 978-2-35288-549-8
Code Hachette : 50 8572 5
Rayon : Cuisine
Collection dirigée par Christian English & Frédéric Thibaud
Catalogue et manuscrits : www.city-editions.com

Dépôt légal : premier trimestre 2011
Imprimé dans la C.E.E.

petit amour

Sommaire

Autour d'un ingrédient

Le tour du monde en bento

Mise en bouche

Mignon, coloré et très pratique, on ne peut plus se passer de son bento une fois qu'on s'est habitué à le voir tous les midis. Il vous apporte un peu de réconfort au bureau, vous le partagez avec un ou une amie, vous échangez vos recettes, vous le faites beau. Qui aurait pu penser qu'une boîte en plastique pouvait être une telle source d'inspiration culinaire ?

Qu'est-ce qu'un bento ?

Le bento vient du Japon. Il n'a rien à voir avec une simple boîte ; il est prévu pour emporter un repas complet avec soi. Il est constitué d'un ou deux étages, a souvent des compartiments pour pouvoir séparer les ingrédients et il est surtout joliment décoré. Vous pourrez en commander par Internet. Ils commencent à apparaître dans certains magasins, mais le choix n'y est pas encore très grand. Pour transporter un bento, les Japonais l'emballent dans un grand carré de tissu qu'on appelle un *furoshiki*. Il y en a de toutes sortes. Il existe également des sacs adaptés aux bentos, ou même dans un tissu assorti.

Vous trouverez des bentos de tailles différentes. Faites bien attention aux dimensions, car les Japonais mangent beaucoup de riz accompagné de poisson cru, ce qui est nourrissant et peu volumineux. Par conséquent, les boîtes sont parfois très petites pour un repas occidental. Si vous prévoyez de ne vous nourrir que de sushis, un petit bento vous conviendra, mais si vous aimez les salades, les légumes sautés, les brochettes de poisson ou de viande et les desserts gourmands, il vous faudra une grande boîte.

Un jeu d'enfant !

Préparer un bento peut prendre des heures... ou cinq minutes. Tout dépend de vous. Le bento est parfait pour accommoder des restes. On peut mettre les boîtes au four à micro-ondes pour les réchauffer, ajoutez un légume frais et c'est prêt ! Si vous avez le temps de préparer un véritable petit chef-d'œuvre, vous trouverez ici des idées pour réaliser votre bento personnalisé. On retrouve dans les bentos la passion des Japonais pour les couleurs, les décorations plus ou moins fantaisistes comme des piques en pandas ou de minuscules bouteilles de toutes les formes, ce qui donne un côté enfantin au bento, mais aussi très ludique et donc idéal pour rompre la monotonie d'une journée au bureau. Les moules à muffins en silicone sont très utiles pour séparer

des préparations sucrées et salées, ou pour mettre une sauce à part.

Quelques recettes de base

Un des éléments caractéristiques des bentos est l'onigiri, cette boulette de riz qui peut prendre la forme d'un triangle, d'une boule ou de ce que vous voulez. Vous pouvez trouver des moules représentant des animaux ou de formes géométriques pour décorer vos bentos. Si vous façonnez vos onigiris à la main, trempez vos mains dans de l'eau bien vinaigrée pour que le riz ne vous colle pas aux doigts ou utilisez du film alimentaire pour le manipuler.
Voici les quantités et le mode de cuisson du riz pour réaliser de jolis onigiris :

- 100 g de riz japonica
- 20 cl d'eau
- ½ c. c. de sel

Rincez le riz jusqu'à ce que l'eau qui s'écoule soit claire, puis mettez-le dans une casserole avec l'eau, salez, couvrez et portez à ébullition en surveillant et en mélangeant une ou deux fois.
Laissez cuire pendant 10 minutes environ, toujours bien couvert, puis laissez le riz gonfler dans la casserole pendant quelques minutes. Ne le laissez toutefois pas refroidir : le riz doit être chaud pour bien prendre la forme voulue.
Pour les onigiris agrémentés, ajoutez votre ingrédient avant de former les boulettes : 1 cuillère à soupe suffit, sinon le riz ne collera plus.
Pour colorer et parfumer, vous pouvez ajouter du ketchup, de la sauce de soja, du safran, du curry, etc.

Le gomashio est une préparation japonaise traditionnelle à base de graines de sésame et de sel de mer. C'est à la fois un condiment qui permet d'assaisonner les plat et un remède contre la fatigue, les maux de tête et bien d'autres choses.
Il vous permettra aussi de diminuer votre consommation de sel tout en relevant les plats. Les proportions

peuvent varier selon les goûts mais voici une recette de base pour faire votre gomashio maison :

- 50 g de graines de sésame
- 5 g de sel

Faites dorer les graines de sésame dans une poêle sans matière grasse puis mettez-les dans un bol. Faites ensuite chauffer le sel de la même manière jusqu'à ce qu'il ne dégage plus d'odeur. Mélangez le sel aux graines en les écrasant avec un mortier, sans pour autant les réduire en purée. Les graines doivent en partie rester intactes. Placez le gomashio dans un bocal et conservez-le un mois au maximum.

Pour les amateurs de légumes, il y a les légumes kimpira, c'est-à-dire préparés selon une recette typiquement japonaise :

- 1 carotte, 1 céleri rave, 1 navet, ou autre
- Huile de sesame pour la cuisson
- 1 c.s. de sauce soja
- ½ c.s. de mirin (alcool de riz)
- ½ c.s. de sucre
- 1 c.s. de graines de sesame

Coupez le légumes en fins bâtonnets de la taille d'une allumette et faites-les revenir une minutes dans un peu d'huile de sésame. Ajoutez la sauce soja, le sucre et le mirin puis mélangez bien en laissant cuire sans faire griller. Le liquide doit s'évaporer, puis ajoutez les graines de sésame. Cet accompagnement savoureux trouvera sans aucun doute sa place dans vos bentos !

Décorer et personnaliser son bento

Pensez aussi à ajouter des rondelles de légumes découpées avec des emporte-pièce. Pour les conserver, faites-les dégorger dans du sel. Mettez-les dans un bocal de vinaigre au choix, puis gardez-les au frais pendant 10 jours. N'oubliez pas les noix, noisettes, amandes et pignons de pin pour donner du croquant à vos bentos : passez-les 2 minutes dans une poêle sans matière grasse pour les faire un peu griller.

Les feuilles de nori ne servent pas qu'à préparer des makis, vous pouvez aussi les utiliser en bandes fines pour enrober un onigiri ou une autre préparation, vous pouvez aussi y découper des ronds, des étoiles, des coeurs qui vous serviront à personnaliser votre bento en dessinant un visage sur un oeuf dur ou sur un onigiri par exemple.

Comme un bento n'est pas parfaitement hermétique, ne transportez pas de soupe, ou alors optez pour une soupe en sachet à laquelle vous ajouterez de l'eau pendant votre pause déjeuner. De même, il vaut mieux mettre les vinaigrettes et les sauces dans une petite bouteille ou dans une petite boîte pour éviter les accidents !

Amusez-vous et prenez plaisir à composer vos bentos. Ils mettront de la bonne humeur dans votre journée !

Bento spécial courgette

Petits muffins aux courgettes

* P : 15 min / C : 20 min *

1 petite courgette (200 g)
100 g de farine
55 g de polenta
1 c. c. de levure
25 g de sucre
½ c. c. de sel
1 œuf
60 g de beurre mou
12 cl de lait

Salade de courgette, pignons de pin et poulet

* P : 20 min / C : 10 min *

1 blanc de poulet
1 petite courgette
1 c. s. de pignons de pin
1 c. s. d'huile d'olive
1 trait de jus de citron
3 brins de coriandre
Sel, poivre

Flan sucré

* P : 10 min / C : 55 min *

1 petite courgette (environ 150 g)
30 g de beurre
50 g de sucre
50 g de farine
½ sachet de sucre vanillé
1 œuf
10 cl de lait

1 Petits muffins aux courgettes

- Tamisez la farine et la levure, puis ajoutez la polenta, le sel et le sucre.
- Incorporez l'œuf, ensuite le beurre fondu et le lait.
- Lavez la courgette, râpez-la et ajoutez-la à la préparation.
- Beurrez des moules à muffins, versez la pâte et mettez au four à 180 °C (th. 6) pendant 20 minutes environ.

2 Salade de courgette, pignons de pin et poulet

- Coupez le blanc de poulet en fines aiguillettes et faites-les revenir dans un peu d'huile.
- Une fois le poulet cuit et doré, réservez et laissez refroidir.
- Lavez la courgette et coupez-la avec un économe en lamelles. Plongez-les dans de l'eau bouillante pendant 2 minutes.
- Mélangez le jus de citron avec le sel, le poivre, l'huile et mettez la vinaigrette dans une petite bouteille.
- Ciselez la coriandre, faites griller les pignons de pin dans une poêle sans matière grasse.
- Mélangez le poulet, la courgette, les pignons, la coriandre et assaisonnez au dernier moment.

3 Flan sucré

- Après avoir épluché et vidé la courgette de ses graines, coupez-la en morceaux. Faites cuire pendant 10 minutes dans de l'eau bouillante et écrasez la chair avec le beurre.
- Mélangez l'œuf avec la farine, versez le lait en mélangeant, puis ajoutez le sucre et la purée de courgettes.
- Versez dans un moule beurré et faites cuire à la vapeur pendant 45 minutes.
- Ce flan se congèle très bien : vous pouvez donc en garder au congélateur et le sortir quand bon vous semble.

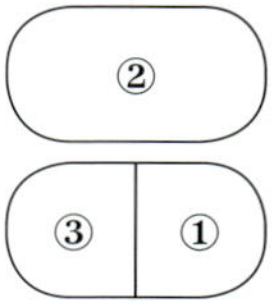

Bento fraîcheur

Légumes crus au fromage frais

* P : 10 min *

1 carotte

½ concombre noa

Quelques bouquets de chou-fleur

2 radis

100 g de fromage blanc

3 brins de basilic

2 brins de ciboulette

Sel, poivre

Brochettes de gambas au gingembre

* P : 10 min / C : 5 min *

6 gambas

1 c. s. d'huile d'olive

1 c. c. de coriandre fraîche hachée

1 pincée de gingembre en poudre

Sel

Tartelettes aux fruits

* P : 15 min / C : 10 min *

100 g de pâte sablée

Fruits au choix

2 c. s. de crème pâtissière

1 Légumes crus au fromage frais

- Lavez les légumes, épluchez le concombre et la carotte et coupez-les en bâtonnets.
- Ciselez les herbes et mélangez-les avec le fromage blanc.
- Salez et poivrez à votre goût.

2 Brochettes de gambas au gingembre

- Faites sauter les gambas dans une poêle avec l'huile d'olive jusqu'à ce qu'elles soient rouges.
- Retirez-les de la poêle et décortiquez-les.
- Remettez les queues décortiquées dans la poêle avec un peu d'huile, ajoutez la coriandre, le gingembre, salez et faites sauter encore 1 minute.

3 Tartelettes aux fruits

- Garnissez les moules à tartelettes de pâte et faites-les cuire pendant 10 minutes.
- Déposez un peu de crème pâtissière dans chaque fond de tarte et répartissez les fruits.

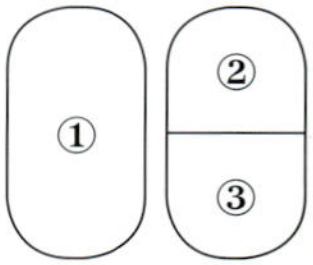

Bento de la mer

Barquettes au thon

* P : 15 min / C : 10 min *

100 g de pâte brisée
100 g de thon égoutté
5 petits cornichons
2 petits oignons au vinaigre
1 c. c. de câpres
1 brin d'aneth
1 c. c. de moutarde à l'ancienne
1 c. c. de crème fraîche

Brochettes de saumon mariné

* P : 10 min / C : 20 min *

1 pavé de saumon frais, sans la peau
2 c. s. de sauce de soja
1 c. s. de ketchup
1 c. c. de vinaigre balsamique
1 pincée de curry
1 pincée d'herbes de Provence
1 c. s. de sucre

Quatre-quarts aux pommes et caramel à la fleur de sel

* P : 20 min / C : 30 min *

1 petite pomme
1 œuf et son poids en :
Farine
Sucre
Beurre

Pour le caramel :
40 g de sucre
5 cl de crème fraîche liquide
20 g de beurre salé
1 pincée de fleur de sel

1 Barquettes au thon

- Garnissez des moules à tartelettes de pâte et faites-les cuire pendant 10 minutes à 180 °C (th. 6).
- Hachez les cornichons avec les oignons et les câpres, ajoutez l'aneth ciselé, la moutarde et la crème.
- Mélangez bien avec le thon.
- Remplissez les fonds de tartes avec cette préparation.

2 Brochettes de saumon mariné

- Dans un bol, mélangez la sauce de soja avec le ketchup, le vinaigre, le curry, les herbes de Provence et le sucre.
- Coupez le saumon en dés, mélangez-le à la marinade et laissez reposer au moins une heure au frais.
- Préparez des brochettes de saumon et faites-les cuire au four à 180 °C (th. 6) pendant 20 minutes environ.

3 Quatre-quarts aux pommes et caramel à la fleur de sel

- Fouettez le sucre avec le jaune d'œuf. Une fois le mélange blanchi, ajoutez le beurre fondu et la farine. Montez le blanc en neige et incorporez-le.
- Épluchez la pomme et coupez-la en morceaux ou râpez-la, puis ajoutez-la à la pâte.
- Versez la pâte dans un moule beurré et faites cuire pendant 20 minutes environ à 180 °C (th. 6).
- Faites chauffer la crème et caraméliser le sucre dans une autre casserole jusqu'à ce qu'il se colore. Versez alors la crème en mélangeant hors du feu, ajoutez le beurre, remettez sur le feu 2 minutes, puis ajoutez la fleur de sel.

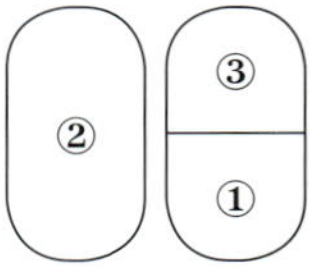

Bento aux céréales

Galettes de céréales
* P : 20 min / C : 10 min *

1 petite carotte (ou courgette)
1 échalote
50 g de flocons de céréales
1 c. s. de graines de courge, de tournesol, etc.
20 cl de lait
1 œuf
1 c. s. de sauce de soja
1 c. s. de coriandre ciselée

Salade de quinoa
* P : 10 min / C : 10 min *

30 g de quinoa
5 tomates cerises
½ concombre noa
1 c. s. d'olives noires
1 pincée de sel
1 c. c. de vinaigre balsamique
2 c. c. d'huile d'olive

Muffins aux framboises et à l'avoine
* P : 15 min / C : 20 min *

1 œuf
100 g de farine
1 c. c. de levure chimique
50 g de sucre
5 cl de lait
50 g de beurre
100 g de framboises
2 c. s. de petits flocons d'avoine
2 c. s. de cassonade
10 g de beurre salé
1 pointe de cannelle

1 Galettes de céréales

- Râpez la carotte, hachez l'échalote et mélangez-les avec les flocons et les graines.
- Battez l'œuf avec le lait, la sauce de soja, la coriandre.
- Versez sur les légumes et laissez reposer 10 minutes.
- Mélangez bien, ajoutez des flocons si le mélange est trop liquide, puis faites cuire le mélange cuillère par cuillère dans une poêle avec un peu d'huile à feu moyen pendant 5 minutes de chaque côté.

2 Salade de quinoa

- Faites cuire le quinoa dans de l'eau salée bouillante pendant 10 minutes, puis égouttez.
- Mélangez-le avec les tomates cerises, le concombre en petits morceaux et les olives.
- Préparez une vinaigrette avec le sel, le vinaigre, l'huile et versez dans une petite bouteille.

3 Muffins aux framboises et à l'avoine

- Tamisez la farine avec la levure, incorporez l'œuf, puis le sucre, le lait et le beurre fondu.
- Ajoutez les framboises et mélangez délicatement.
- Répartissez ensuite dans des moules à muffins beurrés.
- Mettez le beurre salé, le sucre, la cannelle et les flocons dans un bol, mélangez du bout des doigts et couvrez les gâteaux.
- Faites cuire au four pendant 20 minutes à 180 °C (th. 6).

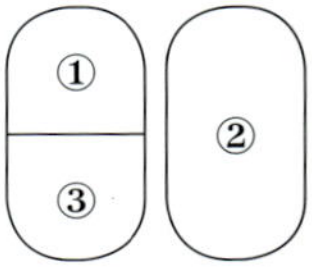

Bento
aux céréales

Bento très fromage

1 Croquettes au fromage et au jambon

- Portez le beurre à ébullition dans une casserole, puis jetez-y la farine en mélangeant sur feu doux.
- Versez le lait petit à petit jusqu'à absorption.
- Ajoutez plus de lait si nécessaire pour avoir une pâte onctueuse.
- Salez, poivrez, ajoutez une pointe de muscade, le fromage et le jambon en petits morceaux.
- Laissez refroidir et formez des boulettes.
- Roulez-les dans la chapelure, puis l'œuf battu une ou deux fois et faites frire à la poêle.

2 Salade de bleu, mâche et noix

- Répartissez la mâche, la ciboulette, les noix et des morceaux de fromage dans le compartiment du bento.
- Mélangez le sel et le vinaigre, puis ajoutez l'huile et versez dans une petite bouteille pour assaisonner au dernier moment.

3 Faisselle au coulis de fruits rouges

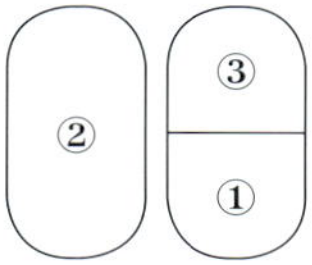

- Faites chauffer l'eau et le sucre pour obtenir un sirop.
- Retirez du feu, ajoutez les framboises et passez au moulin à légumes ou au tamis pour retirer les grains.

Croquettes au fromage et au jambon

* P : 20 min / C : 15 min *

10 g de beurre
15 g de farine
10 cl de lait
25 g de fromage râpé
½ tranche de jambon
Sel, poivre
Muscade
1 œuf
100 g de chapelure

Salade de bleu, mâche et noix

* P : 5 min *

1 tranche de roquefort
1 poignée de mâche
1 c. s. de cerneaux
1 c. c. de vinaigre
2 c. c. d'huile de tournesol
Sel, poivre
2 brins de ciboulette

Faisselle au coulis de fruits rouges

* P : 10 min / C : 10 min *

1 pot de faisselle
100 g de framboises
50 g de sucre
5 cl d'eau

Bento « tête d'œuf »

Omelette roulée et nouilles sautées

* P : 5 min / C : 5 min *

2 œufs

50 g de nouilles chinoises

1 poignée de germes de soja

2 brins de coriandre

1 c. c. de sauce de soja

Sel, poivre

Salade aux œufs de caille

* P : 5 min / C : 4 min *

5 œufs de caille

1 poignée de feuilles de mâche

1 tranche de blanc de dinde

1 c. c. de moutarde à l'ancienne

1 c. c. de vinaigre balsamique

2 c. c. d'huile de tournesol

1 pincée de sel

Crème à la fleur d'oranger et pistaches

* P : 5 min / C : 30 min *

25 cl de lait

1 œuf

40 g de sucre

1 c. s. d'eau de fleur d'oranger

1 c. s. de pistaches décortiquées

1 Omelette roulée et nouilles sautées

- Cassez les œufs dans un bol, salez, poivrez et battez grossièrement.
- Faites chauffer un peu d'huile dans une poêle, versez-y un peu de la préparation, laissez cuire un peu l'omelette, puis roulez-la sur elle-même.
- Mettez-la de côté dans la poêle, versez à nouveau de l'œuf, puis roulez la nouvelle crêpe autour de l'autre.
- Continuez ainsi jusqu'à épuisement.
- Coupez l'omelette en rondelles une fois qu'elle est refroidie.
- Faites cuire les nouilles chinoises 3 minutes dans de l'eau salée bouillante, puis faites-les sauter dans une poêle huilée.
- Salez, poivrez, ajoutez la sauce de soja, les germes de soja et laissez refroidir.

2 Salade aux œufs de caille

- Faites cuire les œufs de caille dans de l'eau bouillante pendant 4 minutes, laissez-les refroidir et écalez-les.
- Placez-les dans le compartiment avec la mâche et la dinde, préparez une vinaigrette en mélangeant le sel, la moutarde et le vinaigre, ajoutez l'huile et versez dans une bouteille.

3 Crème à la fleur d'oranger et pistaches

- Faites chauffer le lait avec le sucre jusqu'à dissolution et ajoutez l'eau de fleur.
- Battez l'œuf dans un bol, versez le lait chaud dessus en mélangeant, puis répartissez dans des ramequins et faites cuire à la vapeur pendant 20 minutes.
- Saupoudrez de pistaches concassées.

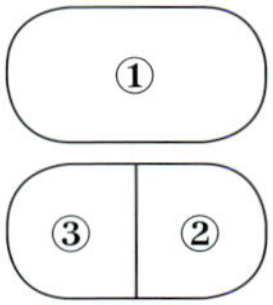

Bento aux deux pommes

Triangles aux pommes

* P : 20 min / C : 5 min *

2 feuilles de brick

1 quartier de pomme

1 c. s. de cerneaux

1 brin d'aneth

100 g de fromage de chèvre frais

10 g de beurre fondu dans du lait

Pommes et magret fumé

* P : 10 min / C : 30 min *

½ pomme

5 tranches de magret de canard fumé

1 grosse pomme de terre

1 c. c. de vinaigre de vin

2 c. c. d'huile de tournesol

Sel, poivre

Chaussons aux pommes

* P : 10 min / C : 20 min *

½ pomme

1 c. s. de sucre

1 pincée de cannelle

1 rouleau de pâte feuilletée

1 jaune d'œuf

1 c. c. d'amandes effilées

1 Triangles aux pommes

- Râpez la pomme et mélangez-la avec le fromage, l'aneth ciselé et les noix.
- Coupez les feuilles de brick en lanières de 4 centimètres de large environ, badigeonnez-les de beurre fondu et déposez un peu de farce au bout de chaque bande.
- Repliez-les ensuite en formant des triangles.
- Faites-les cuire au four à 180 °C ou à la poêle dans un peu d'huile.

2 Pommes et magret fumé

- Coupez la pomme en morceaux et faites dorer dans du beurre.
- Faites cuire la pomme de terre dans de l'eau bouillante pendant 20 minutes environ, puis épluchez-la et coupez-la en morceaux.
- Mélangez un peu de sel avec le vinaigre, ajoutez l'huile et versez dans une petite bouteille.

3 Chaussons aux pommes

- Épluchez la pomme et coupez-la en morceaux fins.
- Faites revenir dans une poêle avec une noix de beurre, ajoutez le sucre et la cannelle, puis faites cuire 10 minutes environ.
- Découpez des cercles dans la pâte feuilletée, déposez quelques morceaux de pomme et repliez la pâte en formant un chausson.
- Dorez à l'œuf, décorez d'amandes, puis faites cuire au four à 180 °C (th. 6) pendant 10 minutes environ.

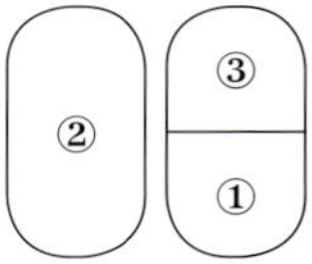

Bento de légumes

Poivrons confits

* P : 15 min / C : 30 min *

1 poivron

2 c. s. d'huile d'olive

1 pincée de gingembre en poudre

Nems de courgettes dans une omelette

* P : 20 min / C : 15 min *

2 œufs

1 c. s. d'huile de tournesol

1 petite courgette

1 c. s. d'huile d'olive

3 brins de coriandre

Sel

Poivre

Salade d'épinards aux noix

* P : 10 min *

1 poignée de pousses d'épinards

1 poignée de cerneaux

1 c. s. d'huile de noix

Sel

Poivre

1 Poivrons confits

- Faites cuire le poivron au four ou à la vapeur pendant 30 minutes environ, puis placez-le dans un sac fermé pendant 15 minutes.
- Épluchez-le et coupez la chair en lanières.
- Mélangez l'huile d'olive avec le gingembre, ajoutez le poivron et gardez au frais quelques heures.

2 Nems de courgettes dans une omelette

- Lavez la courgette et coupez-la en petits morceaux.
- Faites sauter dans une poêle avec l'huile d'olive pendant 10 minutes, salez, poivrez et ajoutez la coriandre ciselée.
- Battez les œufs avec un peu de sel et de poivre.
- Faites cuire en fines crêpes.
- Garnissez-les de courgettes, puis repliez-les en nems.

3 Salade d'épinards aux noix

- Lavez les pousses d'épinards et coupez-les en lanières.
- Ajoutez les noix concassées, salez, poivrez et arrosez d'huile de noix.

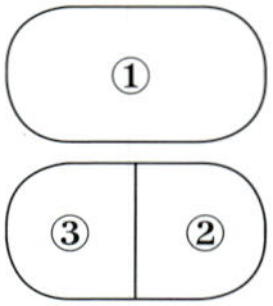

Bento fish & rice

Poisson frit

* P : 15 min / C : 5 min *

150 g de filet de cabillaud

1 œuf

1 c. s. de farine

1 c. s. de cacahuètes grillées concassées

Huile de friture

Riz au gingembre

* P : 5 min / C : 15 min *

100 g de riz thaï

1 pincée de gingembre en poudre

1 oignon

Sel

Poivre

Salade fraîche de légumes

* P : 10 min *

2 feuilles de laitue

1 petite carotte

½ concombre noa

1 c. c. de sucre

½ c. c. de sel

1 c. c. de vinaigre blanc

1 Poisson frit

- Rincez le filet de poisson et coupez-le en cubes.
- Battez l'œuf dans un bol, placez la farine avec les cacahuètes dans une assiette.
- Roulez chaque morceau de poisson dans l'œuf battu, puis dans la farine aux cacahuètes.
- Recommencez jusqu'à ce que chaque morceau soit bien enrobé.
- Faites frire les morceaux de poisson ou faites-les revenir dans une poêle.

2 Riz au gingembre

- Faites cuire le riz dans de l'eau salée bouillante pendant 10 minutes.
- Coupez l'oignon en petits morceaux et faites-le blondir dans une poêle avec un peu d'huile et le gingembre.
- Ajoutez le riz et mélangez bien, salez et poivrez.

3 Salade fraîche de légumes

- Râpez la carotte et coupez le concombre en fines rondelles.
- Diluez le sel et le sucre dans le vinaigre, ajoutez 1 cuillère d'eau et versez dans une petite bouteille pour assaisonner les légumes au dernier moment.

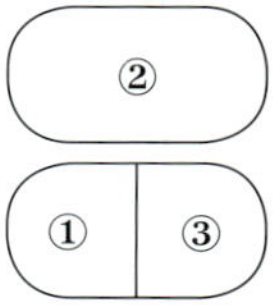

Bento
tout rouge
- Poisson à l'armoricaine
- Aiguillettes de poivron
- Onigiris à la tomate
- Pannacotta à la framboise

Bento tout rouge

1 Poisson à l'armoricaine

- Épluchez l'échalote et coupez-la en petits morceaux. Faites revenir dans un peu d'huile d'olive.
- Lavez la tomate, hachez-la, puis mélangez-la à l'échalote. Ajoutez l'estragon, le concentré de tomates et le sucre.
- Salez, poivrez, couvrez et faites cuire pendant 10 minutes environ.
- Faites cuire le poisson à la vapeur ou à l'eau pendant 10 minutes.
- Mettez la sauce dans un petit pot muni d'un couvercle.

Poisson à l'armoricaine

* P : 20 min / C : 20 min *

200 g de filet de poisson blanc

1 tomate

1 c. c. de concentré de tomates

1 c. s. de sucre

1 échalote

1 c. c. d'estragon ciselé

Sel, poivre

2 Aiguillettes de poivron

- Lavez le poivron, coupez-le en fines lanières, puis faites sauter dans une poêle avec un peu d'huile d'olive pendant 10 minutes.
- Ajoutez une goutte de tabasco, le gingembre et laissez refroidir.

Aiguillettes de poivron

* P : 5 min / C : 10 min *

½ poivron rouge

1 c. s. d'huile d'olive

1 pincée de gingembre

1 goutte de tabasco

3 Onigiris à la tomate

- Voir recette de base pages 8-9.

Onigiris à la tomate

Voir recette de base pages 8-9.

4 Pannacotta à la framboise

- Trempez la feuille de gélatine dans un bol d'eau froide.
- Versez le lait et la crème dans une casserole avec les sucres et portez à ébullition.
- Retirez du feu et ajoutez la gélatine égouttée en mélangeant jusqu'à ce qu'elle soit fondue.
- Ajoutez la confiture, mélangez, puis versez dans un moule en silicone et mettez au frais jusqu'à ce que la pannacotta soit prise (environ 2 heures).
- Ajoutez quelques framboises fraîches si c'est la saison.

Pannacotta à la framboise

* P : 5 min / C : 2 min *

10 cl de lait

5 cl de crème fraîche liquide

2 c. s. de sucre

1 c. c. de sucre vanillé

1 feuille de gélatine

1 c. s. de confiture de framboises

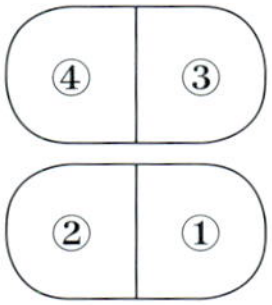

Bento tout orange

Salade de carotte

* P : 5 min *

1 carotte

1 c. c. de vinaigre de vin

2 c. c. d'huile de tournesol

2 brins de coriandre

Sel

Poulet doré et poivron grillé

* P : 10 min / C : 15 min *

1 blanc de poulet

½ poivron orange

1 c. s. d'huile de tournesol

1 c. s. d'amandes

Sel

Poivre

Moelleux à l'orange

* P : 20 min / C : 15 min *

1 orange bio

50 g de farine

50 g de sucre en poudre

50 g de beurre ramolli

1 œuf

1 Salade de carotte

- Râpez la carotte et ajoutez la coriandre ciselée.
- Mélangez le vinaigre avec du sel, remuez bien, incorporez l'huile et versez dans une petite bouteille pour assaisonner au dernier moment.

2 Poulet doré et poivron grillé

- Coupez le poulet et le poivron en morceaux, faites sauter dans une poêle avec l'huile jusqu'à ce que le poulet soit cuit et doré.
- Salez et poivrez.
- Faites chauffer les amandes pendant deux ou trois minutes en remuant dans une poêle sans matière grasse et ajoutez-les.

3 Moelleux à l'orange

- Fouettez le jaune d'œuf avec le sucre, incorporez la farine et le beurre fondu
- Ajoutez le zeste de l'orange et le jus.
- Montez le blanc en neige, ajoutez-le, versez dans des moules à muffins et faites cuire au four (en surveillant) pendant 15 minutes à 180 °C (th. 6).
- Vous pouvez faire un glaçage en mélangeant un peu de sucre glace avec du jus d'orange.

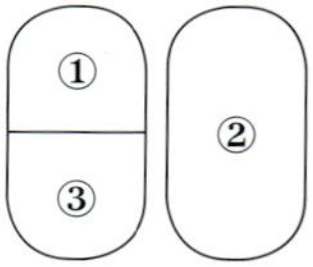

Bento tout jaune

Œuf mimosa
* P : 5 min / C : 10 min *

1 œuf
1 c. s. de mayonnaise
2 brins de persil
Décoration : rondelles d'olives noires, de carotte, de concombre...

Club sandwiches au gouda
* P : 5 min / C : 10 min *

4 tranches de pain de mie
1 blanc de poulet
2 feuilles de laitue
1 tomate jaune
2 tranches de gouda
1 c. s. de mayonnaise

Salade de tomates et poivrons jaunes
* P : 5 min *

½ poivron jaune
100 g de tomates cerises jaunes
1 pincée de gingembre en poudre
1 brin de coriandre ciselé
1 c. s. d'huile d'olive
Sel

Tartelettes au citron
* P : 15 min / C : 30 min *

50 g de pâte sablée
1 citron
1 œuf
40 g de sucre
¼ c. s. de maïzena
1 c. s. de yaourt

1 Œuf mimosa

- Faites cuire l'œuf pendant 10 minutes dans de l'eau salée bouillante puis laissez refroidir.
- Écallez-le et coupez-le en deux, écrasez le jaune avec la mayonnaise et le persil ciselé puis répartissez dans les blancs.

2 Club sandwiches au gouda

- Lavez la tomate, coupez-la en fines rondelles, puis retirez les graines.
- Faites cuire le blanc de poulet dans une poêle avec un peu d'huile, puis coupez-le en fines tranches.
- Faites légèrement griller le pain de mie et tartinez-le de mayonnaise.
- Préparez vos sandwiches en alternant les ingrédients selon votre goût.

3 Salade de tomates et poivrons jaunes

- Lavez le poivron et les tomates, coupez le poivron en petits morceaux.
- Mélangez les tomates, le poivron et ajoutez le gingembre, la coriandre, salez, puis arrosez d'huile.

4 Tartelettes au citron

- Lavez le citron, râpez quelques zestes et pressez le jus. Garnissez les moules à tartelettes de pâte.
- Faites chauffer le jus avec le sucre et la maïzena en mélangeant, ajoutez les œufs en fouettant et faites épaissir en mélangeant sur feu doux.
- Ajoutez le yaourt et les zestes une fois que la crème est onctueuse, versez sur les fonds de tartelettes et faites cuire au four 15 à 20 minutes à 180 °C (th. 6).

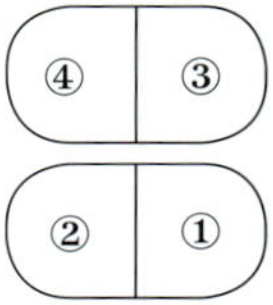

Bento
Tout jaune

Bento tout vert

Maki de brocoli
* P : 15 min / C : 15 min *

80 g de riz japonica
20 cl d'eau
1 c. s. de vinaigre de riz
½ c. s. de sucre
½ c. c. de sel
2 feuilles de nori
50 g de brocoli cuit, salé et écrasé
½ concombre

Salade de pois gourmands au magret
* P : 10 min / C : 10 min *

100 g de pois gourmands
100 g de magret de canard fumé en tranches
3 brins de coriandre
1 c. c. de moutarde à l'ancienne
1 c. c. de vinaigre balsamique
1 c. c. d'huile de tournesol
Sel, poivre

Cheese-cake à la pistache
* P : 15 min / R : 4 h *

10 g de beurre
2 palets bretons
1 c. s. de sucre
10 cl de crème fraîche liquide
1 c. s. de mascarpone
1 feuille de gélatine
40 g de pistaches décortiquées hachées

1 Maki de brocoli

- Rincez le riz jusqu'à ce que l'eau qui s'en écoule soit claire, puis faites-le chauffer avec l'eau, salez et portez à ébullition. Couvrez et faites cuire 15 minutes environ.
- Faites fondre le sucre et le sel dans le vinaigre en faisant chauffer.
- Laissez le riz gonfler encore quelques minutes hors du feu, puis versez-le dans un plat et ajoutez-y le vinaigre.
- Déposez une feuille de nori sur le tapis à sushis, étalez la moitié du riz sur la moitié de la feuille, disposez-y la purée de brocolis, 1 ou 2 bâtonnets de concombre, puis roulez et coupez en rondelles.

2 Salade de pois gourmands au magret

- Lavez les pois gourmands, retirez soigneusement les fils et faites-les cuire dans de l'eau salée bouillante pendant 10 minutes.
- Mélangez la moutarde avec le vinaigre, ajoutez du sel et du poivre. Versez l'huile en mélangeant et mettez la vinaigrette dans une petite bouteille.
- Une fois les pois gourmands refroidis, ajoutez les tranches de magret et la coriandre ciselée. Assaisonnez au moment de déguster.

3 Cheese-cake à la pistache

- Faites tremper la gélatine dans un bol d'eau froide.
- Écrasez les biscuits à la fourchette, puis versez le beurre fondu dessus. Mélangez, répartissez dans des petits ramequins et mettez au frais.
- Montez la crème en chantilly, mélangez les pistaches et le sucre au mascarpone, puis ajoutez à la crème.
- Faites fondre la gélatine dans un fond d'eau bouillante et ajoutez-la en mélangeant.
- Versez la préparation sur les biscuits et laissez prendre au réfrigérateur pendant au moins 4 heures.

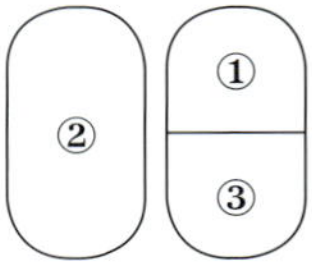

Bento tout rose

Rillettes de saumon

* P : 10 min / C : 20 min *

100 g de filet de saumon

1 c. c. d'huile d'olive

1 citron

1 c. s. de crème fraîche

Sel, poivre

Petits choux au tarama

* P : 15 min / C : 15 min *

3 cl d'eau

25 g de beurre

30 g de farine

1 œuf

½ c. c. de sel

1 pointe de piment

100 g de tarama

Rochers coco et fraises

* P : 5 min / C : 5 min *

4 fraises

1 blanc d'œuf

80 g de noix de coco râpée

60 g de sucre

1 Rillettes de saumon

- Faites cuire le saumon à la vapeur, puis écrasez-le à la fourchette avec l'huile, le jus du citron et la crème.
- Salez, poivrez à votre goût, puis ajustez.
- Vous pouvez y ajouter un peu d'ail écrasé.

2 Petits choux au tarama

- Faites chauffer l'eau avec le sel, le piment et le beurre.
- Une fois au point d'ébullition, jetez la farine en mélangeant sur feu doux.
- Vous devez avoir une pâte qui forme une boule sans s'étaler.
- Si elle semble trop mouillée, faites-la sécher en la remuant à feu doux.
- Ajoutez l'œuf en mélangeant bien et laissez refroidir.
- Ajoutez le tarama, puis faites des tas de pâte sur une feuille de papier sulfurisé et faites cuire à 180 °C (th. 6) pendant 10 minutes.

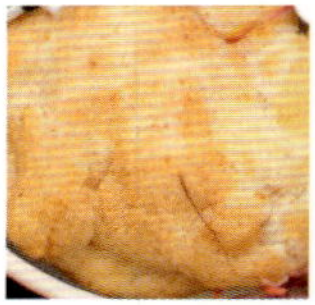

3 Rochers coco et fraises

- Fouettez le blanc avec le sucre à l'aide d'une fourchette, sans monter en neige, puis ajoutez la noix de coco en mélangeant.
- Vous pouvez colorer la pâte avec du colorant alimentaire.
- Formez des petits tas de pâte sur une feuille de papier sulfurisé.
- Mettez au four pendant 5 minutes environ.

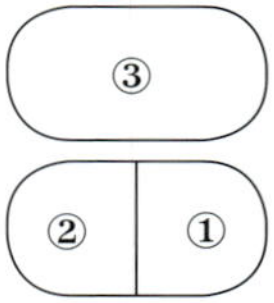

Bento de printemps

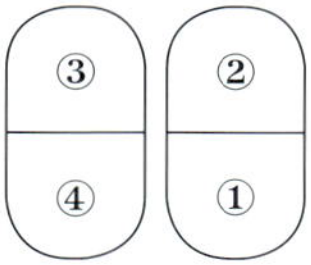

1 Petits rouleaux de printemps

- Râpez la carotte finement, ciselez les feuilles de basilic et de menthe.
- Trempez les vermicelles de soja dans de l'eau chaude pendant 5 minutes, égouttez-les et coupez-les aux ciseaux.
- Trempez une galette de riz dans de l'eau chaude et posez-la sur le plan de travail. Mouillez-la bien pour qu'elle n'attache pas. Placez une feuille de laitue sur la galette, répartissez de la carotte, 2 crevettes, des vermicelles et les feuilles ciselées.
- Repliez la feuille pour former un rouleau, recommencez avec la deuxième galette, puis gardez au frais. Mettez un peu de sauce pour nems dans une boîte.

2 Boulettes d'agneau à la menthe

- Retirez la croûte du pain et faites tremper la mie dans le lait. Mélangez la viande avec le jaune d'œuf, la menthe finement ciselée, le piment, puis salez et poivrez.
- Égouttez un peu le pain et incorporez la mie à la viande en mélangeant bien. Formez des boulettes avec la farce, roulez-les dans la farine et disposez-les dans un plat huilé.
- Faites cuire au four 20 minutes environ à 180 °C (th. 6) en secouant un peu le plat à mi-cuisson pour retourner les boulettes.

3 Salade de roquette

- Arrosez d'un filet d'huille d'olive.

4 Cake aux carottes

- Mettez la farine et la levure dans un saladier, incorporez l'œuf, puis le sucre et le beurre fondu.
- Râpez la carotte finement, ajoutez-la avec la noix de coco et la cannelle, puis versez dans des moules à muffins beurrés. Couvrez d'amandes effilées et faites cuire au four 20 minutes à 180 °C (th. 6).

Petits rouleaux de printemps

* P : 20 min / C : 0 min *

2 feuilles de laitue
2 galettes de riz
1 petite carotte
4 grosses crevettes
1 c. s. de vermicelles de soja
4 feuilles de basilic
2 feuilles de menthe

Boulettes d'agneau à la menthe

* P : 10 min / C : 20 min *

150 g d'épaule d'agneau hachée
1 jaune d'œuf
1 brin de menthe
1 tranche de pain de mie
1 c. s. de farine
5 cl de lait
1 c. s. d'huile d'olive
1 pointe de piment de Cayenne
Sel, poivre

Salade de roquette

* P : 2 min / C : 10 min *

Une poignée de roquette
1 œuf dur

Cake aux carottes

* P : 15 min / C : 20 min *

1 carotte
1 poignée d'amandes effilées
20 g de noix de coco râpée
70 g de farine
1 c. c. de levure
1 œuf
30 g de beurre
50 g de sucre
1 c. c. de cannelle moulue

Bento d'été

Petits cakes au thon et aux olives vertes

* P : 15 min / C : 20 min *

100 g de farine
1 c. c. de levure chimique
40 g de beurre
1 œuf
5 cl de lait
1 c. c. de sel
100 g de thon égoutté
50 g d'olives vertes dénoyautées
1 pincée d'aneth

Salade tomates cerises, épinards et mozzarella

* P : 5 min *

1 dizaine de tomates cerises
1 poignée de pousses d'épinards
100 g de mozzarella
1 c. s. d'huile d'olive
1 c. s. de vinaigre balsamique
Quelques feuilles de basilic
Sel, poivre

Petits biscuits chocolatés

* P : 10 min / C : 10 min *

200 g de farine
1 œuf
150 g de sucre
125 g de beurre
2 c. s. de cacao amer

Salade de fruits

* P : 5 min *

4 fraises
½ poire
6 framboises

1 Petits cakes au thon et aux olives vertes

- Tamisez la farine avec la levure, incorporez l'œuf et versez doucement le lait en mélangeant.
- Faites légèrement fondre le beurre, versez-le dans la préparation, salez, ajoutez l'aneth, les olives égouttées et le thon, puis mélangez bien.
- Versez la pâte dans des moules à muffins beurrés et faites cuire au four 20 à 30 minutes à 180 °C (th. 6).

2 Salade tomates cerises, épinards et mozzarella

- Lavez les tomates, le basilic et les pousses d'épinards.
- Mélangez le vinaigre, un peu de sel, de poivre, puis l'huile d'olive dans une petite bouteille à vinaigrette.
- Assaisonnez au dernier moment.
- Ajoutez quelques olives noires dans cette salade pour lui donner plus de goût.

3 Petits biscuits chocolatés

- Mélangez l'œuf avec le sucre, ajoutez la farine, le cacao, puis le beurre en malaxant avec les mains.
- Façonnez des petits galets et déposez-les sur une plaque beurrée.
- Faites cuire au four 10 minutes environ à 180 °C (th. 6).

4 Salade de fruits

- Lavez et coupez les fruits, sucrez-les au dernier moment.

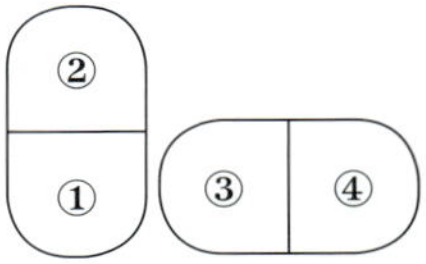

Bento d'automne

Aiguillettes de poulet aux carottes

* P : 15 min / C : 15 min *

1 blanc de poulet
1 carotte
1 pincée de cumin
1 c. c. de miel
Sel, poivre

Semoule aux raisins secs

* P : 5 min / C : 5 min *

½ verre de semoule de blé moyenne
1 verre d'eau
1 poignée de raisins secs
1 noix de beurre
1 pincée de cannelle
Sel

Salade de gruyère aux noix et aux endives

* P : 5 min *

1 petite endive
50 g de gruyère
Quelques cerneaux
1 c. s. d'huile de tournesol
Sel, poivre

Cookies aux amandes et chocolat

* P : 15 min / C : 10 min *

250 g de farine
125 g de beurre mou
80 g de sucre roux
80 g de sucre blanc
1 œuf
1 c. c. de sel
1 c. c. d'arôme de vanille
100 g de pépites de chocolat
80 g d'amandes concassées

1 Aiguillettes de poulet aux carottes

- Coupez le poulet en aiguillettes et la carotte en julienne, puis faites-les sauter dans une poêle avec un peu d'huile de tournesol.
- Une fois que le poulet est légèrement doré, retirez du feu, salez, poivrez et ajoutez le cumin et le miel.

2 Semoule aux raisins secs

- Faites tremper les raisins dans un peu d'eau tiède et mettez la semoule dans un bol avec une pincée de sel.
- Portez l'eau à ébullition, versez-la sur la semoule, couvrez le bol et laissez gonfler pendant quelques minutes.
- Faites fondre le beurre dans une poêle et faites-y revenir la semoule avec les raisins en remuant avec une fourchette.
- Une fois la semoule bien égrainée, ajoutez la cannelle, mélangez et laissez refroidir avant de placer dans le bento.

3 Salade de gruyère aux noix et aux endives

- Retirez les feuilles extérieures de l'endive et coupez le pied. Tranchez l'endive en fines rondelles.
- Débitez le gruyère en petits cubes et mélangez-les à l'endive. Ajoutez les noix, salez, poivrez et arrosez d'huile.
- Vous pouvez ajouter au dernier moment un peu de vinaigre de cidre.

4 Cookies aux amandes et chocolat

- Mélangez le sucre avec le beurre à la cuillère en bois, incorporez ensuite l'œuf, puis la vanille, le sel et la farine.
- Mélangez bien à la cuillère ou à la main, ajoutez le chocolat et les amandes.
- Déposez des petits tas de pâtes sur une plaque couverte de papier sulfurisé et faites cuire au four à 200 °C (th. 7) pendant 10 minutes.

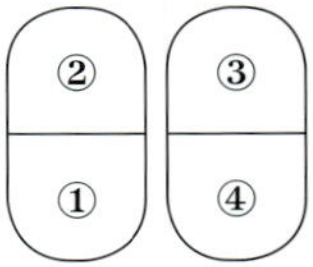

Bento d'hiver

Roulé de saumon fumé
* P : 10 min *

2 tranches de saumon fumé
2 c. s. de mascarpone
4 brins de coriandre
Sel, poivre

Onigiris au sésame et à la sauce de soja

Voir recette de base pages 8-9

Sauté de bœuf aux oignons et champignons
* P : 15 min / C : 20 min *

100 g de viande de bœuf
1 oignon
100 g de champignons de Paris
1 c. s. d'huile de tournesol
1 c. s. de sauce de soja
1 pincée de curry
3 brins de coriandre
Sel, poivre

Whoopies au chocolat
* P : 20 min / C : 10 min *

Pour les biscuits :
50 g de farine
¼ c. c. de levure chimique
25 g de sucre
35 g de beurre
1 œuf
20 g de chocolat noir
1 c. s. de cacao amer

Pour la garniture :
10 cl de crème fraîche liquide
100 g de chocolat noir

1 Roulé de saumon fumé

- Mélangez le mascarpone avec la coriandre ciselée, salez et poivrez.
- Étalez cette préparation sur les tranches de saumon, roulez-les et fixez-les avec un cure-dent ou dans un film alimentaire.
- Mettez au frais pendant quelques heures, puis coupez les rouleaux en rondelles.

2 Onigiris au sésame et à la sauce de soja

- Voir recette de base pages 8-9.

3 Sauté de bœuf aux oignons et champignons

- Coupez la viande en fines tranches, émincez l'oignon, rincez les champignons et retirez les pieds.
- Faites blondir l'oignon avec l'huile dans une poêle, ajoutez la viande et faites sauter à feu vif pendant 5 minutes. Réservez dans un bol.
- Faites sauter les chapeaux des champignons à feu vif dans la poêle pendant 5 à 10 minutes, puis ajoutez la viande.
- Versez la sauce de soja, le curry et la coriandre ciselée. Salez et poivrez.

4 Whoopies au chocolat

- Tamisez la farine avec la levure et le cacao. Incorporez l'œuf et le sucre.
- Faites fondre le chocolat avec le beurre et ajoutez-le à l'autre préparation. Mélangez bien et formez des petits tas de pâte de même taille sur une plaque couverte de papier sulfurisé.
- Faites cuire au four pendant 10 minutes à 180 °C (th. 6).
- Laissez refroidir, puis portez la crème fraîche à ébullition. Retirez du feu et jetez-y le chocolat en morceaux en mélangeant jusqu'à ce qu'il fonde. Garnissez les biscuits de cette ganache en les assemblant deux par deux.

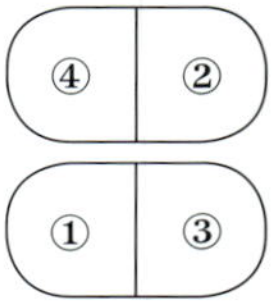

Bento de Noël

Brochettes de dinde

* P : 15 min / C : 20 min *

1 escalope de dinde

100 g de champignons de Paris

1 c. s. de sauce de soja

1 c. c. de miel

1 c. c. de ketchup

Onigiris aux marrons

Voir recette de base pages 8-9

Salade de mâche aux poires

* P : 10 min / C : 2 min *

50 g de mâche lavée

1 poire

1 c. s. de pignons de pin

1 c. c. de vinaigre de cidre

1 c. c. d'huile de noix

1 c. c. d'huile de tournesol

Sel, poivre

Petits biscuits de Noël

* P : 15 min / C : 5 min *

1 blanc d'œuf

150 g de sucre glace

180 g d'amandes en poudre

10 g de cannelle en poudre

1 c. s. de rhum

1 Brochettes de dinde

- Coupez la dinde en petits morceaux et rincez les champignons.
- Mélangez le miel avec la sauce de soja et le ketchup. Faites-y mariner la dinde et les champignons pendant 1 heure.
- Faites des brochettes en alternant les morceaux de dinde et les champignons, puis faites cuire au four à 180 °C (th. 6) pendant 20 à 30 minutes.

2 Onigiris aux marrons

- Voir recette de base pages 8-9.

3 Salade de mâche aux poires

- Coupez la poire en fines lamelles et mettez-les avec la mâche dans un compartiment du bento.
- Faites griller les pignons de pin dans une poêle sans matière grasse, laissez refroidir et ajoutez à la salade.
- Mélangez le vinaigre avec un peu de sel et de poivre. Ajoutez l'huile de noix et de tournesol. Versez la vinaigrette dans une petite bouteille et assaisonnez au dernier moment.
- Vous pouvez remplacer la poire par une petite endive si vous n'aimez pas le mélange sucré salé.

4 Petits biscuits de Noël

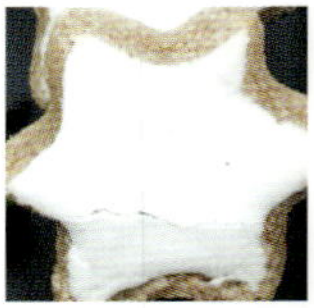

- Montez le blanc d'œuf en neige ferme, versez le sucre en continuant à battre pendant quelques minutes, prélevez-en un tiers de tasse et réservez-le au frais. Incorporez les amandes, le rhum et la cannelle en mélangeant.
- Saupoudrez le plan de travail de sucre, étalez la pâte sur 1 centimètre d'épaisseur et découpez des biscuits en forme d'étoile. Glacez-les avec la neige réservée.
- Déposez-les sur une plaque couverte de papier sulfurisé et laissez reposer une nuit au sec. Le lendemain, faites cuire 5 minutes à 200 °C (th. 7). Le glaçage doit rester blanc.

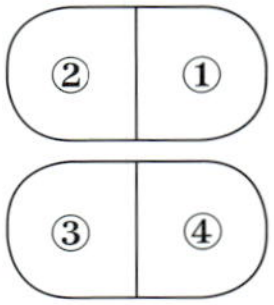

Bento de Noël
- Brochettes de dinde
- Onigiris aux marrons
- Salade de mâche aux poires
- Petits biscuits de Noël

Bento de la rentrée

1 Blanc de poulet doré

- Mélangez les feuilles d'estragon avec le citron et l'huile.
- Badigeonnez le blanc de poulet de ce mélange et faites mariner pendant 30 minutes.
- Passez le blanc de poulet à la poêle jusqu'à ce qu'il soit cuit et doré – environ 15 minutes à feu moyen.

2 Salade d'endive et de raisin

- Retirez le pied et les feuilles extérieures de l'endive, puis coupez-la en fines rondelles.
- Rincez les grains de raisin, coupez le fromage en petits cubes, mélangez et salez.
- Arrosez d'huile de noix.

3 Flan à la noix de coco

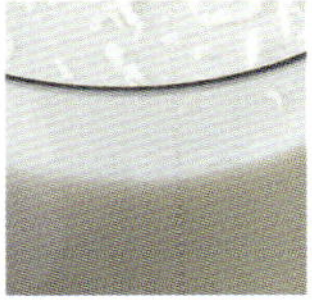

- Battez l'œuf avec le sucre, puis versez le lait et le lait concentré.
- Ajoutez la noix de coco et mélangez bien.
- Versez dans un ramequin et faites cuire pendant 20 minutes à 180 °C (th. 6).

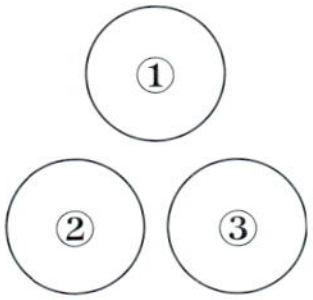

Blanc de poulet doré

* P : 5 min / C : 15 min *

1 blanc de poulet

1 brin d'estragon

1 c. s. d'olive

1 c. s. de jus de citron

Salade d'endive et de raisin

* P : 10 min *

1 endive

1 petite grappe de raisin

1 petite tranche de fromage bleu

1 c. s. d'huile de noix

Sel

Flan à la noix de coco

* P : 10 min / C : 20 min *

1 œuf

5 cl de lait concentré

8 cl de lait

30 g de noix de coco râpée

1 c. s. de sucre

Bento costaud

Brochettes de boulettes de bœuf

* P : 5 min / C : 20 min *

100 g de bœuf haché

1 petit oignon

1 œuf

1 c. c. de persil haché

Sel, poivre

2 c. s. de graines de sésame

Onigiris aux cacahuètes

Voir recette de base pages 8-9

Salade de brocoli

* P : 10 min / C : 10 min *

1 petit brocoli

1 c. s. d'amandes effilées

1 c. s. d'huile d'olive

1 pincée de piment d'Espelette

Sel

Poivre

Petits flans à la fleur d'oranger

* P : 10 min / C : 15 min *

1 œuf

15 g de sucre

1 c. c. d'huile de tournesol

30 g de farine

5 cl de lait

2 c. c. d'eau de fleur d'oranger

1 Brochettes de boulettes de bœuf

- Hachez l'oignon et mélangez-le avec la viande.
- Ajoutez le persil ciselé, le jaune d'œuf, salez et poivrez.
- Mélangez bien la farce, puis formez des boulettes.
- Roulez-les dans le blanc d'œuf et ensuite dans les graines de sésame.
- Faites des brochettes avec les boulettes et faites-les cuire à la poêle ou au four pendant 20 minutes environ.

2 Onigiris aux cacahuètes

- Voir recette de base pages 8-9.

3 Salade de brocoli

- Prélevez les bouquets et rincez-les.
- Faites-les cuire dans de l'eau bouillante salée pendant 10 minutes.
- Laissez refroidir, puis mélangez avec les amandes et le piment.
- Salez, poivrez et arrosez d'huile d'olive au dernier moment.
- Ajoutez quelques cubes de feta à cette délicieuse salade.

4 Petits flans à la fleur d'oranger

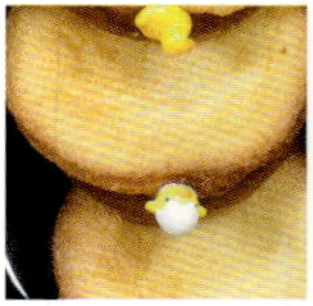

- Fouettez le jaune d'œuf avec le sucre jusqu'à ce que le mélange blanchisse, puis ajoutez l'huile.
- Incorporez la farine, mélangez l'eau de fleur d'oranger et le lait, et versez ensuite en mélangeant.
- Montez le blanc en neige et incorporez-le délicatement. Versez la pâte dans des moules à muffins bien beurrés.
- Faites cuire au four 15 minutes à 180 °C (th. 6).

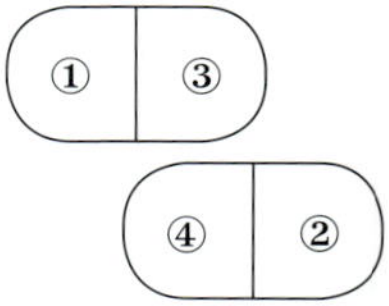

Bento plein d'énergie

Salade de carotte aux raisins secs

* P : 10 min *

1 carotte

1 poignée de germes de soja

1 c. s. de raisins secs

1 c. c. de vinaigre de riz

1 c. c. de sucre

½ c. c. de nuoc-mam

1 c. s. d'eau

Tartelettes colorées

* P : 10 min / C : 15 min *

1 rouleau de pâte feuilletée

1 œuf

10 cl de crème fraîche

Herbes fraîches, légumes, jambon

Sel

Poivre

Épices

Fruits frais

* P : 5 min *

Fraises

Kiwi

Framboises

Mangue

1 Salade de carotte aux raisins secs

- Râpez la carotte et mélangez-la aux germes de soja et aux raisins.
- Préparez la vinaigrette en mélangeant le sucre, le vinaigre, le nuoc-mam et l'eau, puis versez dans une bouteille pour assaisonner au dernier moment.

2 Tartelettes colorées

- Garnissez les moules à tartelettes de pâte, battez l'œuf avec la crème, puis salez et poivrez.
- Ajoutez des épices au choix : curry, piment, cumin, etc.
- Déposez des morceaux de légume, de jambon et des herbes dans les fonds de tartes, puis couvrez de crème.
- Faites cuire au four à 180 °C (th. 6) pendant 15 minutes.

3 Fruits frais

- Lavez les fruits et préparez-les.
- Vous pourrez les sucrer au dernier moment.
- Ajoutez un biscuit ou des fruits secs pour faire le plein d'énergie.

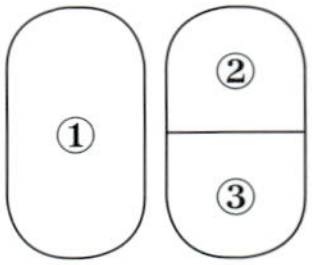

Bento léger

Salade de fèves et de pois gourmands

* P : 15 min / C : 10 min *

50 g de fèves crues écossées

50 g de pois gourmands

1 c. s. de jus de citron

1 c. s. d'huile d'olive

Sel, poivre

Saumon mariné au citron et toast de pain d'épice

* P : 15 min *

100 g de filet de saumon frais

1 citron

Huile d'olive

2 brins d'aneth

1 pincée de gingembre en poudre

Sel, poivre

2 tranches de pain d'épice

Brochettes fraises, ananas, marshmallows

* P : 5 min *

4 fraises

2 tranches d'ananas

4 marshmallows

1 c. s. de noix de coco râpée

1 Salade de fèves et de pois gourmands

- Après avoir retiré soigneusement les fils, faites cuire les pois gourmands ainsi que les fèves dans de l'eau salée bouillante pendant 10 minutes, puis égouttez-les.
- Laissez refroidir avant de placer dans le bento.
- Préparez une vinaigrette avec le citron, un peu de sel, de poivre et l'huile d'olive.
- Assaisonnez avant de déguster.

2 Saumon mariné au citron et toast de pain d'épice

- Coupez le saumon en fines tranches ou en petits dés.
- Pressez le jus de citron et arrosez-en le saumon.
- Salez, poivrez, ajoutez l'aneth ciselé et le gingembre, puis laissez reposer au frais pendant 1 heure au moins.
- Arrosez d'un filet d'huile d'olive avant de déguster avec le pain d'épice.

3 Brochettes fraises, ananas, marshmallows

- Lavez les fraises et coupez-les en deux.
- Débitez les tranches d'ananas en morceaux.
- Préparez les brochettes avec les fruits et mettez les marshmallows à part pour qu'ils ne soient pas mouillés par les fruits.
- Saupoudrez de noix de coco et ajoutez les marshmallows au dernier moment.

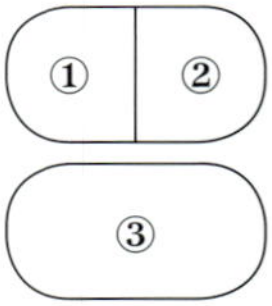

Bento japonais

Riz vinaigré

* P : 10 min / C : 20 min *

200 g de riz japonica
40 cl d'eau
2 c. s. de vinaigre de riz
1 c. s. de sucre
1 c. c. de sel

Makis et nigiris sushis au saumon

* P : 10 min *

1 feuille de nori

100 g de saumon cru très frais, sans peau et en tranches fines

100 g de riz vinaigré

Omelette japonaise

* P : 10 min / C : 5 min *

2 œufs

2,5 cl d'eau

½ c. c. de dashi

1 c. s. de sucre en poudre

½ c. c. de sel

1 c. c. de sauce de soja

Huile de tournesol

Fruits frais

Kiwi
Fraises
Mangue
Framboise

1 Riz vinaigré

- Rincez le riz jusqu'à ce que l'eau qui s'en écoule soit claire, puis faites-le chauffer avec l'eau.
- Salez, portez à ébullition, couvrez et faites cuire 15 minutes environ.
- Faites fondre le sucre et le sel dans le vinaigre en faisant chauffer.
- Laissez le riz gonfler encore quelques minutes hors du feu, puis versez-le dans un plat et ajoutez-y le vinaigre.

2 Makis et nigiris sushis au saumon

- Déposez la feuille de nori sur le tapis à sushis, étalez 2 grosses cuillères à soupe de riz sur la moitié de la feuille, disposez-y des morceaux de saumon, puis roulez et coupez en rondelles.
- Formez quelques boulettes de riz et recouvrez-les d'une tranche de saumon.

3 Omelette japonaise

- Versez l'eau dans une petite casserole, ajoutez le dashi, le sucre, le sel, la sauce de soja et portez à ébullition. Laissez refroidir.
- Mélangez les œufs dans un bol et versez la préparation en remuant rapidement.
- Faites chauffer un peu d'huile dans une poêle et versez un peu d'omelette pour former une fine crêpe. Une fois qu'elle est baveuse, roulez l'omelette sur elle-même et poussez-la sur un côté de la poêle.
- Versez à nouveau un peu d'omelette, puis roulez sur la première omelette, continuez jusqu'à épuisement des œufs, coupez en tranches et posez sur les nigiris ou au centre d'un maki.

4 Fruits frais

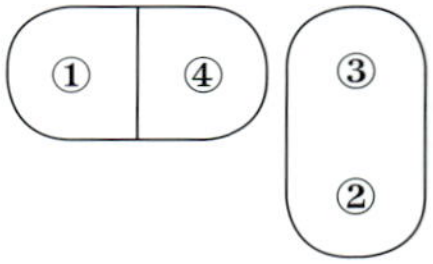

Bento oriental

1 Caviar d'aubergine

- Lavez l'aubergine, puis faites-la cuire à la vapeur ou au four pendant 20 minutes.
- Pelez la gousse d'ail, écrasez-la et mélangez-la à l'huile d'olive. Ajoutez le jus de citron, salez.
- Prélevez la chair de l'aubergine et écrasez-la avec l'huile au citron et à l'ail ou passez le tout au mixeur.

2 Samoussas de bœuf

- Coupez l'oignon en petits morceaux et faites-le blondir dans un peu d'huile. Ajoutez la viande en remuant bien, les petits pois, le curry, le piment et l'œuf. Salez et laissez cuire quelques minutes en remuant.
- Coupez les feuilles de brick en lanières de 4 centimètres environ, disposez-les sur un plan de travail et badigeonnez-les de beurre fondu.
- Déposez une cuillère de farce au bout de chaque bande de brick que vous replierez sur elles-mêmes pour former des triangles. Faites cuire au four à 180 °C (th. 6) pendant 15 minutes.

3 Salade de pois chiches et concombre

- Rincez les pois chiches, épluchez le concombre et coupez-le en petits cubes.
- Mélangez-les avec l'estragon ciselé, puis préparez une vinaigrette avec le vinaigre, un peu de sel et de poivre, ajoutez l'huile et versez dans une petite bouteille.

4 Cornes de gazelle

- Mélangez l'œuf avec le sucre. Ajoutez les amandes, l'eau de fleur d'oranger et la cannelle.
- Découpez la pâte en cercles, déposez un peu de préparation sur chaque cercle et roulez-les en forme de cornes.
- Faites cuire au four 20 minutes environ à 180 °C (th. 6) sur du papier sulfurisé. Saupoudrez-les de sucre glace une fois qu'elles sont refroidies.

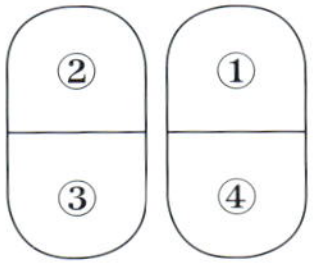

Caviar d'aubergine
* P : 10 min / C : 20 min *

1 petite aubergine
1 gousse d'ail
5 cl d'huile d'olive
1 c. s. de jus de citron
Sel

Samoussas de bœuf
* P : 30 min / C : 20 min *

4 feuilles de brick
10 g de beurre fondu dans un peu de lait
1 œuf
100 g de bœuf haché
1 petit oignon
3 brins de coriandre
2 c. s. de petits pois cuits
1 pointe de curry
1 pointe de piment de Cayenne
Sel

Salade de pois chiches et concombre
* P : 10 min *

100 g de pois chiches cuits
½ concombre noa
2 brins d'estragon
1 c. c. de vinaigre balsamique
1 c. c. d'huile d'olive
Sel, poivre

Cornes de gazelle
* P : 20 min / C : 20 min *

250 g de pâte brisée
1 œuf
200 g d'amandes en poudre
150 g de sucre
1 c. s. d'eau de fleur d'oranger
1 c. c. de cannelle moulue

Bento italien

Légumes du soleil

* P : 15 min / C : 15 min *

½ poivron rouge
1 petite courgette
4 tomates cerises
2 tomates séchées
3 c. s. d'huile d'olive
Sel

Risotto au jambon de Parme

* P : 10 min / C : 20 min *

50 g de riz arborio
1 échalote
1 c. s. d'huile d'olive
25 cl de bouillon de légumes
1 tranche de jambon de Parme
Copeaux de parmesan

Tiramisu

* P : 15 min *

1 œuf
125 g de mascarpone
2 c. s. de sucre
1 c. s. d'Amaretto
10 cl de café fort
9 biscuits à la cuiller
1 c. c. de cacao amer

1 Légumes du soleil

- Coupez le poivron en lanières.
- Après avoir tranché la courgette en deux et vidé les graines, débitez la chair en morceaux.
- Coupez les tomates séchées également en morceaux.
- Faites sauter les légumes dans de l'huile d'olive pendant 2 minutes à feu vif, puis salez, couvrez et faites cuire encore 10 minutes à feu doux.
- Laissez refroidir sans découvrir.

2 Risotto au jambon de Parme

- Émincez l'échalote.
- Faites-la blondir dans une casserole avec l'huile d'olive, puis ajoutez le riz, faites chauffer 2 minutes et versez la moitié du bouillon.
- Couvrez et laissez cuire à feu doux en surveillant.
- Une fois le liquide absorbé, ajoutez encore du bouillon petit à petit jusqu'à ce que le riz soit bien cuit et onctueux.
- Déposez le jambon en petits morceaux et des copeaux de parmesan sur le risotto.

3 Tiramisu

- Mélangez le sucre avec le jaune d'œuf, puis incorporez le mascarpone et l'Amaretto.
- Montez le blanc en neige et ajoutez-le à la crème.
- Trempez la moitié des biscuits dans le café, répartissez-les dans les ramequins, couvrez de crème et recommencez.
- Gardez au frais pendant au moins 6 heures.
- Saupoudrez de cacao amer.

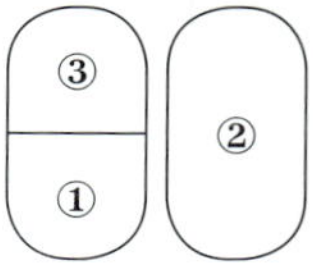

Bento espagnol

Tortilla au chorizo

* P : 10 min / C : 10 min *

1 œuf

5 rondelles de chorizo

1 petit oignon

5 cl de lait

Sel, poivre

Paella express

* P : 15 min / C : 20 min *

80 g de riz

20 cl d'eau

50 g de crevettes décortiquées

5 rondelles de chorizo

1 petit oignon

½ poivron rouge

½ g de safran

2 c. s. d'huile d'olive

2 c. s. de petits pois cuits

Cuajada

* P : 10 min / C : 30 min *

½ yaourt nature brassé

1 œuf

1 pot de farine

2 pots de lait

1 pot de sucre

50 g de beurre

1 pincée de cannelle en poudre

1 Tortilla au chorizo

- Coupez l'oignon en petits morceaux et faites-le revenir avec le chorizo pendant 2 minutes dans une petite poêle.
- Battez l'œuf avec le lait, salez, poivrez, puis versez dans la poêle.
- Couvrez et laissez cuire entièrement.

2 Paella express

- Coupez le poivron et l'oignon en petits morceaux et faites-les revenir dans l'huile d'olive pendant 2 minutes.
- Ajoutez le chorizo, puis le riz, remuez bien et ajoutez le safran. Salez, poivrez et versez l'eau.
- Faites cuire 20 minutes environ en remuant de temps en temps.
- Ajoutez les crevettes et les petits pois.

3 Cuajada

- Ce délicieux dessert est un plat typique de la région des Asturies.
- Mélangez au fouet le yaourt et l'œuf.
- Ajoutez la farine en mélangeant et le beurre fondu, puis le sucre et le lait.
- Ajoutez la cannelle, mélangez bien et versez dans un moule beurré.
- Faites cuire au four 30 minutes environ à 180 °C (th. 6).

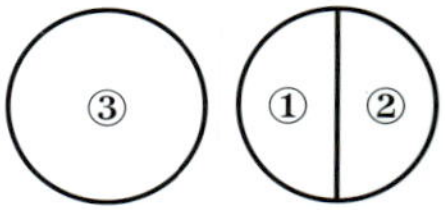

LOVE

Bento chinois

Riz cantonais

* P : 10 min / C : 15 min *

50 g de riz parfumé

1 œuf

1 c. s. de petites crevettes roses cuites et décortiquées

1 c. s. de petits pois cuits

Sel

Poivre

Nems

* P : 25 min / C : 10 min *

3 feuilles de brick

1 œuf

3 champignons noirs

2 c. s. de germes de soja

1 petite carotte

1 petit oignon

50 g de porc, poulet ou crevettes hachés

Sel

Poivre

Papillotes à la banane

* P : 15 min / C : 10 min *

1 petite banane

2 feuilles de brick

1 pincée de cannelle

1 Riz cantonais

- Faites cuire le riz dans de l'eau bouillante salée pendant 10 minutes.
- Battez grossièrement les œufs, faites-les cuire dans une poêle avec un peu d'huile, puis ajoutez les crevettes et les petits pois.
- Salez, poivrez et ajoutez le riz.

2 Nems

- Râpez la carotte, émincez l'oignon, réhydratez les champignons et coupez-les.
- Rincez le soja.
- Mélangez tout avec la viande hachée ou les crevettes, salez, poivrez, ajoutez l'œuf et mélangez bien.
- Coupez les feuilles de brick en deux, badigeonnez-les de beurre fondu, déposez de la farce, puis roulez en repliant les bords pour former des nems.
- Faites cuire dans une poêle avec de l'huile ou au four.

3 Papillotes à la banane

- Coupez la banane en rondelles et écrasez-la avec un peu de cannelle.
- Vous pouvez ajouter de la noix de coco, un peu de rhum, des raisins secs...

Coupez les feuilles de brick en deux et badigeonnez-les de beurre fondu.

- Déposez un peu de banane sur chaque feuille, roulez-les, puis nouez-les pour avoir des papillotes.
- Faites cuire au four 10 à 15 minutes à 180 °C (th. 6).

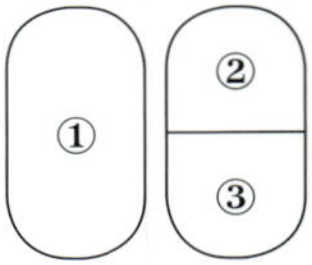

Bento américain

Miniburger

* P : 15 min / C : 10 min *

1 petit pain
50 g de steak haché
1 feuille de salade
1 tranche de fromage
1 champignon
1 échalote

Légumes grillés et sauce barbecue

* P : 10 min / C : 10 min *

Champignons
Carottes
Pois gourmands
Poivron

Pour la sauce :

1 c. s. de miel
2 c. s. de coulis de tomates
1 c. s. de vinaigre balsamique
1 c. c. de sauce de soja
1 pointe de cumin en poudre
Sel, poivre

Muffins banane et beurre de cacahuètes

* P : 15 min / C : 15 min *

50 g de farine
1 c. c. de levure chimique
50 g de sucre
50 g de beurre
1 œuf
1 banane
1 c. s. de beurre de cacahuètes

1 Miniburger

- Faites cuire le steak haché et l'oignon émincé dans un peu d'huile.
- Coupez le pain en deux, mettez de la moutarde sur un côté et du ketchup sur l'autre.
- Puis déposez-y une feuille de salade, le fromage, le steak, un peu d'oignon et le champignon en tranches fines.

2 Légumes grillés et sauce barbecue

- Faites cuire les légumes à la poêle avec un peu d'huile d'olive, puis mélangez tous les ingrédients de la sauce dans un bol.

3 Muffins banane et beurre de cacahuètes

- Mélangez la farine avec la levure et l'œuf, ajoutez le sucre et le beurre fondu, puis la banane écrasée.
- Versez la pâte dans des moules et faites cuire pendant environ 15 minutes.
- Une fois qu'ils sont refroidis, coupez les muffins et garnissez-les de beurre de cacahuètes.

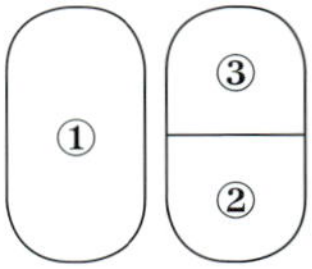

Bento des îles

1 Poulet et ananas

- Coupez le poulet en petits morceaux et faites revenir dans un peu d'huile de tournesol.
- Ajoutez le piment, salez, poivrez, puis incorporez la coriandre ciselée.
- Coupez l'ananas en morceaux et ajoutez-les quand le poulet est doré.
- Faites sauter 1 minute et laissez refroidir.

2 Patate douce sautée au gingembre

- Épluchez la patate douce et coupez-la en petits cubes.
- Faites sauter 5 minutes avec un peu d'huile dans une poêle, ajoutez l'ail écrasé, le gingembre, salez, poivrez et faites cuire encore 5 minutes à couvert.
- Retirez du feu et ajoutez la coriandre ciselée.

3 Petits babas au rhum

- Fouettez le jaune d'œuf avec le sucre.
- Faites fondre le beurre. Ajoutez-le avec le lait.
- Incorporez la farine avec la levure et montez le blanc en neige avant de l'ajouter.
- Versez la pâte dans des moules à muffins beurrés, puis faites cuire pendant 10 à 15 minutes.
- Faites bouillir l'eau avec le sucre pendant 2 minutes, ajoutez le rhum et laissez tiédir.
- Démoulez les gâteaux à la sortie du four et arrosez-les de sirop jusqu'à ce qu'ils en soient imbibés.

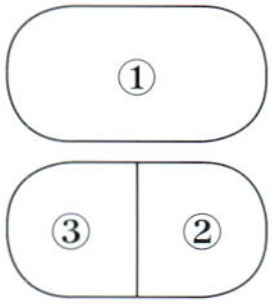

Poulet et ananas

* P : 10 min / C : 10 min *

1 blanc de poulet
2 tranches d'ananas
2 brins de coriandre
1 pointe de piment
Sel
Poivre

Patate douce sautée au gingembre

* P : 5 min / C : 15 min *

1 petite patate douce
1 petite gousse d'ail (facultatif)
1 pincée de gingembre moulu
2 brins de coriandre
Sel, poivre

Petits babas au rhum

* P : 15 min / C : 15 min *

40 g de farine
1 c. c. de levure chimique
1 œuf
50 g de sucre
20 g de beurre
1 c. s. de lait
Pour le sirop :
30 cl d'eau
100 g de sucre
4 c. s. de rhum ambré

Dans la même collection

Le meilleur de l'Apéro

Le meilleur des Minis-tartes

Le meilleur des Sushis & co

Le meilleur de la Cuisine méditerranéenne

Le meilleur des Tajines

Le meilleur de la Cuisine végétarienne

Le meilleur de la Pasta

Le meilleur de la Cuisine Vapeur

Le meilleur des Tartes et salades

Le meilleur des Gratins

Le meilleur des Verrines

Le meilleur de l'Italie

Le meilleur des Épices

Le meilleur du Tiramisu

Le meilleur des Minis-cakes

Le meilleur des Millefeuilles

Le meilleur de la Mini Cuisine

Le meilleur de la Cuisine de bébé

Le meilleur des Cupcakes

Le meilleur du Cuit-vapeur

Le meilleur des Confitures maison

Le meilleur des Mini cocottes

Le meilleur de la Cuisine du Maroc

Le meilleur des Tartes & Tatins

Le meilleur des Espumas

Le meilleur des Papillotes

Le meilleur des Terrines

Le meilleur des Macarons